De mes Amis

Pour mes Amis

1890

De mes Amis

Pour mes Amis

ŒUVRES COMPLÈTES

On passe par différents goûts
En passant par différents âges.
Plaisir est le bonheur des fous,
Bonheur est le plaisir des sages.

BOUFFLERS.

TRENTE-TROISIÈME ÉDITION
REVUE ET AUGMENTÉE

HOSTELLERYE
DE LA *PIE AU NID*

PARIS

MENU

AU LECTEUR

Dieux! que nous avons de l'esprit!
C'est-à-dire que si Voltaire
Demain revenait sur la terre,
Il serait humble & tout contrit.

Chacun de nous pour cet écrit
A travaillé dans le mystère,
Et, faisant voile vers Cythère,
S'est dit : La Muse me sourit!

Ainsi donc, quelle poésie!
A l'école du sans-façon
Comme on voit qu'elle a pris leçon!

On nage en pleine fantaisie :
Les vers sont bien de mirliton,
Et les auteurs... de Charenton.

C. M.

26 novembre 1890.

A Madame C. D***

QUI AVAIT DEMANDÉ DES RIMES

EN « ÈVE »

————

Tandis que tristement cette saison s'achève,
Que la plage se meurt, que les baigneurs font grève,
On aperçoit encor tout pensif sur la grève,
Seul comme était Adam avant que Dieu fît Ève,
Le front comme obscurci par quelque sombre rêve,
Qui s'assoit tout à coup, puis tout à coup se lève,
Ou dans les noirs rochers errant sans paix ni trêve,
Sautant de roc en roc, plus adroit qu'une *chève,*
L'œil en feu, dévoré par une ardente *fiève,*
Un jeune homme, c'est moi ; c'est à vous que je rêve,
A vous, gâteau des rois, dont on voudrait la fève !
Je rêve à vos beaux yeux, à vos charmantes *lèves.*
Je rêve à vos jupons, quand le vent les soulève,
Doux impôt que Zéphyr sur les mollets prélève,
Ou bien quand votre main si blanche les relève.
A tout instant du jour mon cœur vers vous s'élève.
Vous n'êtes plus ici, voilà pourquoi j'endève.
Près de vous, je me sens plus de vie et de sève.

I

Ah ! pour vous voir, j'irais du cap Vert à la Hève,
Ou bien du Kamchatka jusqu'au bord de la *Niève,*
Ou si vous aimez mieux de Pékin à Lodève.
Ouf ! je ne trouve plus la moindre rime en « ève ».
Tant mieux pour tous les deux ; ma lettre en est plus brève.
Et moi qui n'en peux mais, moi qui de sommeil crève,
Moi du tendre Apollon le paresseux élève,
Je vais me consoler dans les bras de l'*orfève.*

R. A***.

Trouville, 5 octobre 1869.

Avril 1870.

SUPPLIQUE

ADRESSÉE

A M. F. D....., PRÉFET DE LA SEINE

AFIN D'OBTENIR

UN REFUGE POUR LES CAVALIERS

————

Air de *Fualdès*.

Ier COUPLET.

Il est un préfet aimable,
Monsieur Ferdinand Duval,
Qui n'administre pas mal,
Qu'on dit même assez capable,
Mais qu'a bien l'cœur le plus dur,
S'il en a, c'qui n'est pas sûr.

2e COUPLET.

Puisque les larmes d'un frère
Et ses soupirs éloquents
N'ont pu rendre intéressants
Les cavaliers, leur misère !
Alors changeons d'argument.
Et l'on f'ra p't-être autrement.

3ᵉ COUPLET.

Monsieur Gérôm', dont la France
A bien l'droit d's'enorgueillir,
Manqu' tous les jours de finir
Tragiqu'ment son existence :
C'est qu'un membr' de l'Institut
Démoli, ça ne repouss' plus !

4ᵉ COUPLET.

Madam' Durand qu'est la mère
D'ouvriers, chose à noter,
Qu'elle fait toujours voter
D'un' façon bien exemplaire,
Dieu sait comment on vot'rait
Si Madam' Durand tombait.

5ᵉ COUPLET.

Coates, de tout's nos princesses
Fidèle accompagnateur,
Habil' cavalier sans peur,
Sans reproche, sans faiblesses,
Ne répond plus maintenant
De la *maison d'Orléans !*

6ᵉ COUPLET.

La Franc' veut des gas, en somme,
Qui puiss'nt la régénérer.
Pourquoi chaque jour risquer
L'existenc' d'un si bel homme !
J'ai nommé (Dieu qu'il est beau !)
Le plus beau, monsieur Monneau !

7ᶜ COUPLET *(confidentiel)*.

Pol Arnault, prodig' d'adresse,
A connu monsieur Duval
Autrefois en carnaval,
Alors que, luttant d'souplesse,
Cet incroyable charmant
Lui répliquait au *cancan !*

8ᵉ COUPLET.

Le but de cette supplique
Est de prier instamment
La Vill' et l'Gouvernement
De fair' tracer sans réplique,
Un r'fug' de protections
Pour tant d'illustrations.

11 janvier 1875.

ARGUMENT

A PROPOS D'UN BALLET

———

VULCAIN au Public.

Ballet ! c'est un ballet, messieurs, pas autre chose !
Sans doute on aurait pu vous donner de la prose
Ou rimailler un acte à peu près inédit.
Mais le silence, en somme, a toujours de l'esprit,
Et pour peu que chacun suive la pantomime,
Il saura bien, sans nous, trouver la bonne rime.
Pourtant sans faire injure à la sagacité
D'un si bel auditoire, et pour plus de clarté,
Du ballet ci-dessous voici toute l'intrigue :

Vulcain comme un niais à forger se fatigue
Pour les yeux de Vénus et de son Cupidon.
(Messieurs, ce seul biceps vous dit assez mon nom.)
Vulcain, c'est moi ! c'est moi qui travaille et qui forge
Pour amasser de quoi gaver de sucre d'orge
Ce fils qu'on dit de moi ; mon Dieu, je le veux bien,
Mais j'en doute très fort, à ne vous céler rien.

Car s'il a tous mes traits, il n'a rien de ma taille.
Vous verrez, il est long !!! comme un jour de bataille !
Si bien que, stupéfait, j'ai recherché comment
Vénus, en une fois, put le faire aussi grand ?
A force de forger mille et mille chimères,
J'ai trouvé ! « Ma Vénus est la perle des mères ! »

Vous voyez, nous goûtions les plaisirs les plus purs,
Quand soudain un guerrier, pénétrant dans ces murs,
Sous le prétexte vain de m'acheter des armes,
Fait entrer avec lui la honte avec les larmes !
Moi, toujours confiant et niais, je lui tends
Cette main trop loyale et sale en même temps ;
Je fais plus, pour qu'un jour il garde ma mémoire,
Je soulève l'amphore et je lui verse à boire !
Or savez-vous comment il paîra son écot
Pendant qu'en mon sous-sol je cherche un chassepot,
Le guerrier Cupidon et Vénus, tous ingambes,
Tricotent au-dessus, non des bas... mais des jambes !
J'écoute... Un bruit de lutte a frappé mon tympan ;
L'air est tout ébranlé par d'affreux cris de paon...
Je rentre... Plus personne !... Où sont-ils ?... Je l'ignore.
Mon esprit égaré voudrait douter encore.
Vains efforts ! il me faut céder à la raison ;
Le déshonneur s'installe à ma chaste maison !!!
Furieux, je bondis... mon courroux les étonne...
Touché d'un tel remords, j'oublie et je pardonne !
Ce que voyant, Vénus de bonheur a frémi,
Et ce guerrier depuis... est mon meilleur ami !

Maintenant ayez soin de braquer vos lorgnettes,
Nous avons fait tailler des jupes indiscrètes.

Tout ce qu'on n'a pas vu jusqu'ici se verra,
Et c'est un coup funeste au nouvel Opéra.
Nos deux premiers sujets vont vous tourner la tête.
Nous ne vous dirons pas ce que coûte la fête,
Si ce n'est qu'elle atteint des chiffres fabuleux !
Vous avez eu Vestris, nous vous donnerons mieux !
Enfin, pour le bouquet, mais surtout grand silence !
Les dames entreront au foyer de la danse !

RED.

Pour copie conforme :

J. R***.

Février 1875.

A Madame C. D***

LE JOUR DE L'AN

Voici la saison revenue
Où les messieurs bien boudinés
Et les dames, la gorge nue,
S'en vont quérir bals et dîners ;

La saison où malgré pelures
De loutre, de chat ou de veau,
La main se garnit d'engelures,
Et de coryzas le cerveau ;

La saison où, bravant la crotte,
Les coquettes ne craignent pas
De retrousser un peu leur cotte,
Et de montrer beaucoup leurs bas.

C'est enfin le jour de l'année,
Par les avares redouté,
Où mainte accolade est donnée
Qui sent fort la banalité :

Jour de liesse, jour de fête
Pour les parents, pour les amis *(air connu)*.
Le plus fin comme le plus bête
A titre égal s'y voit soumis.

Dans le plus haut et noble monde,
Où la vertu porte un faux nez,

Où d'une chose même immonde
Seuls les maladroits sont gênés,

Comme dans les plus humbles couches
Où l'on se crêpe les cheveux,
Aujourd'hui de toutes les bouches
Auront jailli les mêmes vœux.

Déjà la troupe enfarinée
Des freluquets et des barbons
Dépose sur la cheminée
Son pot de fleur ou ses bonbons.

On dévalise les boutiques,
On s'embarrasse de fardeaux,
Et les objets les moins pratiques
Deviennent prétexte à cadeaux.

Suivant la mode on s'ingénie
A faire plus et mieux que bien.
Les uns ont des traits de génie
Où les autres ne trouvent rien.

Pour moi, je viens à leur image,
Apporter un simple bouquet
De vers, et vous en faire hommage :
Puisse-t-il être assez coquet

Pour vous plaire et garder encore
Au lendemain quelque parfum !
Et prions l'an qui vient d'éclore
De valoir mieux que l'an défunt.

C. M***.

1er janvier 1884.

A Madame C. D***

ENVOI

D'UNE PETITE POTICHE EN FAIENCE

DANS UN SAC DE BONBONS.

C'est au fond du sac et du cœur
Qu'on trouve toujours le meilleur.

L. M***.

1er janvier 1885.

A ZELMIRE

EN LUI OFFRANT UNE GRAVURE ANCIENNE

La nature, en tout si prodigue,
Des charmes sur vous répandus,
Ne peut opposer une digue
Aux hommages qui vous sont dus.
Zelmire, acceptez cette offrande,
Et qu'un regard, jeté sur nous,
Esclaves à jamais nous rende :
Nous palpitons à vos genoux ! ! !

LE DOYEN,
LE FASHIONABLE,
L'AMATEUR DE SPECTACLES,
LE TOTO DES DAMES,
VERMANDOIS.

1er avril 1886.

A Madame C. D***

LE LENDEMAIN DE LA MI-CARÊME

POUR S'EXCUSER

D'AVOIR MANQUÉ A UNE INVITATION

La mi-carême est une fête ;
Mais le destin, quand il lui plaît,
En recourant au mal de tête,
Peut d'un beau jour faire un jour laid !

Dans la cervelle il me semblait
Sentir la pointe d'une arête,
Comme aussi le poids d'un boulet,
Douleur que nul baume n'arrête !

Voilà quel fil souple et ténu
A la maison m'a retenu.
Par ce bon temps de mascarade

Les gens s'affublent en pierrots
Et se prennent pour des héros ;
Moi, j'étais... en homme malade !

C. M***.

2 avril 1886.

A Monsieur L. M***

LA BERLINE ET LE SABOT

(FABLE)

Une berline ayant un peu d'usage,
Mais belle *encor,* souple sur ses ressorts,
Ayant prouvé par maint et maint voyage
Que la douceur est la vertu des forts;
Ne voulant plus courir d'autre aventure
Et redoutant les dangers du cahot,
Avait fait choix, par crainte de rupture,
D'un rassurant et solide sabot.
Un jour pourtant, descendant la colline,
Chevaux, valets, le tout dégringola;
Mais triomphante et calme, la berline
Sut résister..... *Résister,* tout est là !

26 avril 1886.

ACROSTICHE

C 'est bien peu délicat d'embarrasser ainsi
L es gens pour qui les vers sont un rude souci,
A uxquels la muse ingrate et fort récalcitrante
I nterdit de répondre en langage du Dante.
R ecevez donc, ô pie, un grand merci tout sec,
E t laissez-vous donner un baiser sur le bec !

L. M***.

Avril 1886.

SOIRÉE

DU

CHAT NOIR

A

L'HOSTELLERYE

DE

LA PIE AU NID

TRIO DE CÉLÉBRITÉS

Ier COUPLET.

Air : *En revenant de la revue.*

PAULUS.

Je suis Paulus, chanteur illustre
A Paris comme à l'étranger !

LE GÉNÉRAL.

Je suis l'homme éclair, l'homme lustre,
Le grand général Boulanger !

GÉRAUDEL.

Si vous toussez, ô jeunes filles,
A la voix douce comme miel,
Prenez, prenez de mes pastilles,
Je suis l'illustre Géraudel !

PAULUS.

J'ai gagné du quibus
Derrière l'omnibus.

LE GÉNÉRAL.

Par un procédé délicat
J'ai rendu la barbe au soldat.

GÉRAUDEL.

Dans mon fameux bonbon
J'ai fourré du goudron,
Le nom de Géraudel
Est plus grand que la tour Eiffel !

ENSEMBLE.

Joyeux, contents,
Au milieu des passants
Nous marchons triomphants,
Le cœur à l'aise.
Nous sommes là,
Car sans nous, oh ! la ! la !
Que deviendrait donc la
Gaîté française ?

2ᵉ COUPLET.

PAULUS.

Partout notre gloire féconde
A des rayonnements bénis.

LE GÉNÉRAL.

Nous sommes les maîtres du monde ;
Mais ce qui nous a réunis,

GÉRAUDEL.

C'est que tous trois au fond de l'âme,
Nous possédons résolument

PAULUS.

La sainte horreur de la réclame

LE GÉNÉRAL.

Et le mépris du boniment.

GÉRAUDEL.

Quand on parle de moi,
Je suis tout en émoi.

LE GÉNÉRAL.

Quand j'lis mon nom dans un journal,
Ça m'fait un effet infernal.

PAULUS.

La violette en fleur
N'a pas notre pudeur.
Chantons tous, pour changer,
Paulus, Géraudel, Boulanger !

ENSEMBLE.

Joyeux, contents,
Au milieu des passants
Nous marchons triomphants,
Le cœur à l'aise.
Nous sommes là,
Car sans nous, oh ! la ! la !
Que deviendrait donc la
Gaîté française !

R. T***.

Mai 1886.

DISCOURS

PRONONCÉ PAR M. A. P***

POUR LA RÉCEPTION DE M. G. D***

A « L'ACROBATIC ACADEMY »

(SOIRÉE DU **CHAT NOIR**)

———

*M. A. R***, secrétaire perpétuel.*

———

MONSIEUR,

Je ne vous le cacherai pas : c'est avec un vif plaisir que j'ai accepté la mission de vous recevoir aujourd'hui au nom de l'Académie.

Depuis longtemps déjà, vous nous apparteniez. Vous étiez trop modeste tout à l'heure, quand vous nous disiez que votre nom seul (nom peu commun, il est vrai) vous avait désigné pour succéder à votre illustre homonyme... Durand à Durand !!! — Le grand Durand que nous pleurons encore, d'abord athlète incomparable, avait, dans ses dernières années,

une force plus apparente que réelle ; il s'était usé
dans des excès flatteurs pour son amour-propre (auquel il ne savait rien refuser), mais désastreux pour
la perpétuité de sa renommée !

Quand l'Académie Acrobatique allait vous chercher,
vous, un simple forain étranger aux raffinements de
notre civilisation, elle savait que vous pourriez bientôt vous assimiler nos mœurs et nos plaisirs de
bonne société.

Du reste, votre prédécesseur, qui vous connaissait
bien, vous avait en profonde estime ! Un jour, dans
une foule, il avait senti une main se glisser dans
une de ses poches, et, avec une habileté sans égale,
chercher à lui dérober son mouchoir, toujours absent,
par bonheur.

Cette main (c'était vous, monsieur), il ne l'oublia
jamais, et vers son déclin, revenu des Poids de ce
monde, assis en maillot rose au coin de son feu, il
aimait à raconter (et comme il racontait ! !) l'aventure à laquelle vous aviez été si généreusement
mêlé.

Sur la fin de sa vie, la soif des grandeurs dégénéra
vite en soif de liqueurs ; et nous ne le sentions plus
parmi nous qu'avec une extrême répugnance.

Quand il disparut, on ne put pas dire avec le poète :

> La nuit vint, tout se tut ; les flambeaux s'éteignirent.
> Dans les bois assombris, les sources se plaignirent.

Non ! Son départ fut un débarras pour ses collègues ;
votre arrivée, monsieur, est une joie !

Montrez-nous, dans cette cathédrale du muscle, le
tour nouveau que vous avez su donner aux exercices

du corps, vous qui avez allié le premier la grâce à
la force ! Mais, croyez-moi, joignez-y la prudence !
Songez que cent jolis cœurs de femme vont battre
dans cent jolies poitrines, et que chacun de ces soupirs pourra se traduire en ces deux mots :

Crainte et désir !

Allez, monsieur ! Monsieur le secrétaire perpétuel
voudra bien risquer l'effort pour traîner ici vos ins-
truments de travail !!!

A Monsieur L. M***

EN LUI OFFRANT UNE GRANDE CUILLÈRE

LOUIS XIV

LE JOUR DE SES CINQUANTE ANS

Vous avez cinquante ans, seigneur, c'est le bel âge,
Celui des sentiments purs, désintéressés,
L'âge de l'amitié, du repos, enfin l'âge
Où l'on se ressouvient de ses exploits passés.
Le soir, au coin du feu, chauffant ses rhumatismes,
Ainsi qu'un vétéran courbé sous le laurier,
Qui compte sur ses doigts, entre deux sinapismes,
De combien de vertus il fut le... serrurier !
On ose, à cinquante ans, répondre que peut-être
« On se déciderait à combler tous les vœux »
De celle qui languit et qui voudrait pour maître
Celui dont elle attend de *concluants* aveux.
Pourtant, au descendant du fils de La Vallière
Et de Louis quatorze, au noble Vermandois,
Elle offre galamment la *petite cuillère*
Dont se servit, enfant, le plus grand de nos rois !

1er décembre 1886.

A Monsieur A. N***

EN LUI OFFRANT UN SUCRIER EN ARGENT

LA NOUVELLE PIE VOLEUSE

OU

CRIMINELLE PAR AMITIÉ

Dans un bois très touffu, sur une *forte* branche,
Une pie avait fait un confortable nid.
Des oiseaux distingués se perchaient le dimanche
A l'entour, pour conter quelque fait inédit.
L'un d'eux, merle charmant, presque blanc, presque sage,
Avouait qu'il aimait les présents *sérieux*,
Que du siècle dernier il estimait l'usage !
De sorte que la pie (on tient de ses aïeux)
D'un coup d'aile s'en fut chez l'orfèvre à la mode,
Habile dans son art, et donnant tout pour rien.
Puis, comme les oiseaux ne craignent pas le code,
Elle prit en son bec, sans demander combien,
Un tout petit objet... O pie, on te pardonne !
L'ombre de Rossini de là-haut t'absoudra.
« La façon de donner vaut mieux que ce qu'on donne »,
Lorsque l'on peut signer :

CLARA GAZUL LADRA.

1er janvier 1887.

4

A Monsieur A. P***

EN LUI ENVOYANT
UNE PETITE COMMODE ANCIENNE

Cet objet, aimable Picard,
Est tout pareil à votre amie,
Un peu défraîchi, mais sans fard !
Il aspire à finir sa vie
Dans ce logis, rue Caumartin,
Qui ne vit jamais de cruelles.
Si j'avais eu mon strapontin
Autrefois, j'aurais fait comme elles.

1ᵉʳ janvier 1887.

A Madame C. D***

RÉPONSE

C'en est trop, à la fin ! Mais comment résister
A tant de prévenance, à tant de gentillesse ?
Si vous aviez, jadis, bien voulu m'adopter,
J'eusse été votre esclave, un vrai caniche en laisse.
Non ! vous avez sur moi laissé frapper les ans
Avant que de montrer cette flamme incertaine ;
Et vous venez, moqueuse, avec vos beaux présents,
Réveiller dans mon cœur le désir de la chaîne !
Soyons naturaliste, et foin de Marivaux !
Je sais un Auvergnat, porteur d'eau de Jouvence,
Je lui vais, de ce pas, commander deux tonneaux.
Mais vous ne viendrez pas ; j'en aurai la dépense
Et resterai, songeur, à regarder mon nid,
Convaincu cette fois de ma triste impuissance
A voir un beau matin nos deux cœurs réunis.
Croyez bien, néanmoins, à la reconnaissance

De votre bien affectueux, dévoué
et obligé.

A. P***.

1ᵉʳ janvier 1887.

A Monsieur A. B. C***

ENVOI

D'UNE BOITE DÉCORÉE EN PAILLE

En voyant cet objet, du goût le plus exquis,
Où se jouent galamment flèches, carquois et roses,
Tu te diras, ému, quel $\left\{ \begin{array}{c} \text{cœur} \\ \text{sac} \end{array} \right\}$ ai-je conquis ?
« Devine si tu peux, et choisis si tu l'oses ! »

Janvier 1887.

A Monsieur A. O***

ENVOI D'UNE CANNE

PAUL ET VIRGINIE

Sous la feuille de bananier,
Paul abrita sa Virginie.
Aujourd'hui, comment le nier !
La feuille était un parapluie.
Virginie, à son protecteur,
Offre un bâton pour la défendre.
De sa vertu qu'il soit tuteur,
Elle est si timide et si tendre !

Janvier 1887.

A Madame C. D***

ENVOI D'AUTEUR

A votre indulgence je livre
Ce livre :
Faites-moi boire, s'il vous plaît,
Du lait !

C. M***.

7 mars 1887.

A Monsieur de Saint-G***

ENVOI D'UNE POCHETTE

QUI PORTAIT BRODÉE CETTE DEVISE

« L'amour se plaît à lier nos cœurs »

C'est un fait trop certain; tout le prouve, l'atteste.
Hélas ! il faudra bien que je *rêve le reste!*

Janvier 1887.

A Madame C. D***

RÉPONSE

Deux vers, deux seulement sur une seule page,
C'est trop ou pas assez. Pourquoi pas davantage?
Vous avez la bonté; de plus, le don charmant
D'écrire avec esprit, puis, tout en badinant,
De nous dire la chose avec grâce et finesse.
Vous êtes, en trois mots, une âme charmeresse!
Donc vous possédez tout. Alors c'est bien à tort
Que vous vous arrêtez devant ce faible effort
D'aligner ces deux vers, pour dire d'un ton leste :
« Cherche, mon bon ami, tu peux rêver le reste ! »

De Saint-G***.

Janvier 1887.

A Madame C. D***

ENVOI

D'UN ÉNORME BONBON

ET D'UN CORDON DE SONNETTE

Ce modeste bonbon, couronné d'épis d'or,
Vous porte, avec mes vœux, la riche cordelière
Dont Zelmire autrefois parait sa taille altière,
Que souvent dénouait le galant Alcindor.

L. M***.

1ᵉʳ janvier 1887.

SOMMATION

L'an 1887, le sept février, à la requête de :

1° M. Toto, dit Riche d'Amour;

2° M. le comte de Vermandois de la Berline, et autres lieux;

3° M. Albert du Cercle, dit Paul, entrepreneur de représentations dramatiques à domicile;

Les trois susnommés, tant en leur nom personnel qu'au nom et comme se portant fort pour les habitués et pensionnaires de l'Hostellerye ci-après désignée, pour lesquels domicile est élu à Paris, rue des Jeûneurs, n° 324, en l'étude de Me Pinguet, huissier près le tribunal civil de la Seine[1].

J'ai, Candide Pinguet susnommé, fait sommation à Mme Clara, dite Virginie, tenant hôtel meublé et pension bourgeoise à l'enseigne de l'Hostellerye de la Pie au nid, rue d'Anjou ci-devant Saint-Honoré, y demeurant, où étant et parlant à la personne ainsi déclarée de la concierge de ladite maison;

Attendu qu'aux termes d'un contrat passé devant Me Gondonneau, notaire au Théâtre-Français, le

---

1. Le célèbre clerc de notaire dans *Francillon*, de M. Alexandre Dumas fils.

1er avril 1886, enregistré, il a été convenu entre ladite dame Clara dite Virginie d'une part, et les requérants et consorts, acceptant et s'engageant conjointement et solidairement, d'autre part, que ladite
dame ouvrirait une pension pour y recevoir, choyer,
héberger, dorloter les requérants et consorts, leur
procurer plaisirs et distractions variés, leur offrir cadeaux fréquents et somptueux, surprises, etc., etc.,
leur garantissant bonne et succulente nourriture,
vins vieux, primeurs, et autres friandises coûteuses;
que, de leur côté, les requérants et consorts se
sont engagés à entretenir ladite dame Clara en
bon état de distraction, réjouissance et jovialité d'esprit et de corps, à lui tenir compagnie les jours de
pluie et contrariétés, à lui procurer plaisirs au gré
de ladite dame; toutes réserves cependant expressément formulées au profit du requérant comte de Vermandois, qui a déclaré ne pouvoir être tenu au delà
de ses moyens;

Attendu que depuis la signature du contrat susindiqué, les requérants et consorts ont de leur côté
rempli et au delà les obligations auxquelles ils s'étaient engagés, qu'ils ont entouré ladite dame de
soins, de prévenances de toutes sortes, qu'ils ont
procuré à ladite les plaisirs du grand monde (dîners
diplomatiques avec plaques, séances hypnotiques, etc.,
etc., etc.); que, même en dehors de la pension, ils ont
continué cet entretien auquel ils n'étaient nullement
tenus, bravant les chaleurs caniculaires au bord de
la mer, les bourrasques de pluie dans les Champs-
Élysées, et la fâcheuse asphyxie dans les loges trop

étroites, dites baignoires, au Théâtre-Français, à l'Opéra, etc., etc., etc.; que dans ces services extérieurs et intérieurs les requérants et consorts n'ont reculé devant aucuns frais (même de conversation) ni aucune dépense (même d'amabilité) pour faire face aux engagements qu'ils avaient contractés;

Que la fréquentation assidue de ladite dame a entraîné les requérants et consorts dans des dépenses de toilette, soins corporels et exigences de luxe auxquels ils se sont bénévolement soumis, bien qu'ils y fussent réfractaires par l'habitude d'une vie modeste et laborieuse qui était la leur avant d'avoir fait la connaissance évidemment onéreuse de ladite opulente dame;

Que depuis que la dame Clara dite Virginie a réouvert son hostellerye, les requérants et consorts ont vainement attendu qu'il lui plût de les recevoir périodiquement, qu'elle a laissé passer les jours les plus fériés et les occasions les plus indiquées pour les réunir conjointement et solidairement comme elle y était tenue aux termes de son contrat; attendu qu'une seule réunion gastronomique, qui pourrait être qualifiée de préparatoire, a eu lieu dans les derniers jours de l'année 1886;

Que ladite dame ne saurait se prévaloir d'un certain nombre d'invitations particulières et isolées dont chacun des requérants et consorts a pu être l'objet et qui n'avaient d'autre but que la distraction et réjouissance personnelle de ladite dame;

De, dans quinze jours pour tous délais, à partir du présent jour, réunir les requérants conjointement et *solidariement à l'*Hostellerye de la Pie au Nid, *hcure de 7 1/2 de relevée, à l'effet de leur servir dîner fin et délicat dont le menu sera laissé à la discrétion de ladite dame Clara dite Virginie, après discussion et approbation préalables des parties intéressées.*

Sinon, faute par elle de ce faire, elle y sera contrainte par tous moyens de droit, même par corps; les requérants et consorts entendant au surplus que ladite dame soit tenue, à titre de juste réparation et dommages-intérêts, à payer à chacun d'eux 100 francs d'amende et une discrétion par chaque jour de retard;

Sous réserves de tous droits.

A ce qu'elle n'en ignore, et je lui ai, étant et parlant comme ci-dessus, laissé la présente copie dont le coût est de 13 fr. 05.

Timbre employé pour copie, deux feuilles valant 2 fr. 40.

Rayé deux mots nuls.

Signé : PINGUET.

Madame CLARA dite VIRGINIE Rue d'Anjou, 405. — Paris.

A Monsieur L. M***

ENVOI, POUR SA FÊTE, D'UNE ÉPINGLE

DE CRAVATE

LA ROSE ET L'ÉPINE

ou

QUI S'Y FROTTE S'Y PIQUE

(Musique d'Ed. Laurens)

Iᵉʳ COUPLET.

Pour ce qu'il fit si beau, Dieu qui fit toute chose
Sut armer ces trésors contre le ravisseur.
Prévoyant, il donna son épine à la rose ;
Au diamant, la *terre ;* à *certain,* la froideur !

2ᵉ COUPLET.

Beau comme un demi-dieu, le front ceint de couronnes,
Tire-bouchon des cœurs et tourment de mes jours,

Toi qui reçois si bien, et qui jamais ne donnes,
Accepte ce présent et porte-le toujours.

3e COUPLET.

Je redoute pour toi quelque assaut impudique.
Je veux, plaçant ce trait près de ta bouche en fleur,
Faire que chaque femme en s'y frottant s'y pique,
Et qu'au lieu d'être *acteur* tu ne sois que *souffleur!*

29 juin 1887.

A Monsieur A. P***

APRÈS LUI AVOIR ÉCRIT TROIS FOIS
LE MÊME JOUR

FÉLIX, apportant une lettre.

Aujourd'hui, ça fait *trois!* Hélas! c'est une lettre
Qu'entre vos mains, monsieur, je dois *encor* remettre.

ALFRED, exaspéré.

Cette femme est collante et j'en ai plein le dos;
Félix, je paierais cher un instant de repos!

FÉLIX, grave.

Monsieur m'excusera... Ne méprisons personne
Et soyons indulgents à la femme qui donne!
Monsieur, pour ce qu'il vaut, paya bien trop longtemps.
Nous recevons, *enfin!* C'est justice, il est temps!

14 octobre 1887.

A Monsieur J. B***

ENVOI D'UN « **CHAT NOIR** » PEINT

———

Ce chat noir eut l'heur de vous plaire ;
Chez vous il sera mieux en tout
Que chez moi, car sur sa gouttière,
Il s'ennuie à dormir debout.
Ah ! combien d'adorables choses
Il verra rue Clément-Marot :
Beaux yeux mendiants, lèvres roses,
Qui viennent quêter Jean Béraud !

26 octobre 1887.

———

A Monsieur Ed. B***

ENVOI

D'UN TABLEAU PAR MÉNESSIER

REPRÉSENTANT

AUGUSTE, CLOWN DU CIRQUE

———

Le siècle du grand roi fut le siècle du buste,
Le fameux maître Houdon fit le grand Arouet ;
Aujourd'hui, Ménessier immortalise Auguste ;
Que daigne apprécier le sculpteur Bouruet.

26 octobre 1887.

A Madame C. D***

REMERCIEMENT SUR UN MIRLITON

POUR

L'ENVOI D' « AUGUSTE »

Le grand roi n'aima pas uniquement le buste,
Il préféra, dit-on, certains charmes vivants !
Ainsi que lui, madame, en admirant « Auguste »,
Je pense à vous ainsi qu'à vos jolis présents !

Poquelin,

Tapissier,

*a l'honneur de vous prévenir que vos tapis
sont prêts.*

ED. B***.

Octobre 1887.

A Madame C. D***

En lui envoyant un en-cas

Quand de feux trop brûlants le soleil étincelle,
Ouvrez-*la* sans tarder, allez, c'est une ombrelle !
Le ciel se couvre-t-il ? n'en prenez pas tracas,
Dans votre belle main vous avez l'en-tout-cas.
Après tout, moi, je veux que rien ne vous ennuie :
S'il pleut, vite, ouvrez-*le,* car c'est un parapluie !

Savon du Congo,

5, rue Caumartin.

A. P***.

25 décembre 1887.

A Monsieur A. P***

Pour le remercier d'un en-cas

Votre esprit, je l'ai dit, se cote à trop haut prix
Pour qu'on ose espérer vous voir vraiment épris ;
Mais je ne sais personne au monde plus aimable,
Et sachant mieux unir l'utile à l'agréable.
Vous désobéissez, mais ce bec à corbin
Qui paraît sûr de lui, l'air tout à fait malin,
Avec son petit crâne illustré de mes armes,
Me séduit par l'attrait de ses multiples charmes !
Puis il vous a fallu vous occuper de moi,
Y penser, réfléchir, aller, venir..... ma foi,
Elle ou *lui*, parasol, en-tout-cas, parapluie,
Sera le favori, car je suis attendrie !

26 décembre 1887.

A Madame C. D***

Dans le langage du Parnasse
Vos amis savent s'exprimer.
Moi, que voulez-vous que je fasse ?
Hélas ! je ne sais pas rimer.
Mais je vous aime, en vers, en prose,
Pardonnez-moi. — Sur tous les tons,
Je ne saurais dire autre chose
Dans mes huit vers de mirlitons.

A. S***.

Janvier 1888.

A Monsieur A. P***

Remerciements pour l'envoi
d'un petit secrétaire style 1830
rempli de bonbons

DEVISES POUR CHOCOLAT
en papillotes

Ce bijou, fait à votre image,
Est plein d'esprit, divin, charmant ;
Sur vous, il a cet avantage
D'être sous la main constamment.

De m'exciter à vous écrire
Il n'était pas besoin vraiment,
Et je crois vous entendre dire :
« Ah ! je n'en demandais pas tant ! »

C'est un bien parfait secrétaire,
Discret, muet ; sur tout, toujours,
Comme vous, il sait de mystère
Envelopper ses nuits, ses jours !

D'un mobilier de ménage,
C'est, je crois, le commencement.

Ah ! ce cadeau-là vous engage
A conclure immédiatement.

Dans chaque petit coin, je trouve
Pour ma bouche quelques douceurs,
Cerise, fraise, et cela prouve
Qu'il renferme mille bonheurs.

Il n'est pas de la Renaissance ;
Mais qu'importe, car aujourd'hui,
Rien n'altère la confiance
Qu'il sait si bien placer..... en lui !

Avril 1888.

A Monsieur A. B. C***

REMERCIEMENTS

POUR UNE CHAISE JOUET D'ENFANT

ANCIENNE

Je ne vous dirai pas que cette *énorme* chaise
Contiendra des ampleurs qui s'y siéront à l'aise ;
Non, mais par amitié, je voudrais, de profil,
Y caser un objet qu'il serait incivil
De nommer..... Vous voyez une femme attendrie
De cette gracieuse et douce gâterie.
Donc, je vous idolâtre, et vous le verrez, car,
S'il se décide un jour, vous doublerez Picard

Juin 1888.

MENU

DINER

DU

26 JUIN 1888.

Le potage Crécy, les soles au vin blanc,
Le gigot, les canards, sans oignons dans le flanc
(Pour l'estomac *fripé* qui redoute un malaise,
Ou pour le *criminel* qui veut son vice à l'aise
Après dîner), la salade, oh ! ce n'est pas nouveau,
Mais c'est fort distingué, surtout avec le veau !
Et puis pour entremets, crassanes. Quelle amie !
Qui veut que l'on s'amuse et qu'on parle chimie !

A Monsieur A. P***

EXPLOITS D'UN ARTISTE VOYAGEUR

Air de *Gastibelza.*

Ier COUPLET.

Le voyez-vous, escaladant les cimes,
    Sans un effort !
Le voyez-vous, sur le bord des abîmes,
    Bravant la mort !
Le voyez-vous conquérir ce brin d'herbe,
    Toujours vainqueur !
Le voyez-vous, c'est lui, fier et superbe !
    Tais-toi, mon cœur ! *(Bis)*

2e COUPLET.

Le voyez-vous, sur le rocher qui tremble,
    Peignant à l'eau !
Le voyez-vous, avec cet œil qui semble
    D'azur si beau !
Le voyez-vous, hypnotisant les belles
    Par son regard !
Le voyez-vous, le dompteur des rebelles,
    Alfred Picard ! *(Bis.)*

Août 1888.

A Madame L***

ENVOI D'UN MANCHON

UN MOIS AVANT LE JOUR DE SA FÊTE

Contre le froid, j'offre à vos doigts
Un protecteur sûr et fidèle,
Et j'acquitte ce que je dois
En fêtant *trop tôt* sainte Adèle !

D'un mois j'avance, c'est certain,
Mais qu'une autre se déconcerte,
Puisque je réchauffe la main
Qui voudrait toujours être ouverte !

Octobre 1888.

FRAGMENTS

DE LA

PARODIE DE FAUST

REPRÉSENTÉE

SUR LE THÉATRE DES MARIONNETTES

LE 3 JANVIER 1889

PROLOGUE

Air de Paulus, 3, rue du Paon.

FAUST.

Quand j'étais jeun', j'habitais au sixième
Un p'tit log'ment situé, trois, rue du Paon.
Les jolies femm's y venaient par centaines;
Et dans c' bazar, on s'amusait vraiment!
 Alors, c'était le vrai bon temps :
 Joies, plaisirs, amour, ivresse!
 Et les p'tit's femm's souriaient gaîment
 Quand, tout bas, j' disais cette adresse :
  Trois, rue du Paon,
  P'tit log'ment sur le d'vant.

2ᵉ COUPLET.

Mais quand je vois, courbé sur sa machine,
Cet ange pur au profil si troublant,

Je m' dis : Mon vieux, faut pas qu' tu t'imagines
Que tu peux fair' l' bonheur de cette enfant.
Non, t' es trop fané, fatigué,
Sans ardeur et sans jeunesse !
Et vit', tu serais retoqué,
Si tu voulais glisser c'tte adresse :
Trois, rue du Paon,
etc., etc.

A. R***.

———

APRÈS LE DUO QUI FINIT DANS FAUST

PAR « ÉTERNELLE!!! »

FAUST, MARGUERITE.

FAUST.

Mad'moiselle, écoutez-moi donc,
Voulez-vous permettre à un beau jeun' homme...
Mad'moiselle, écoutez-moi donc,
D' vous mettr' dans vos meubl's et dans du coton?

MARGUERITE.

Oui, monsieur, oui, je le veux bien,
Car votre amitié m'est bien précieuse ;
Oui, monsieur, oui, je le veux bien,
Car votre amitié me fait beaucoup d' bien.

FAUST.

Mad’moiselle, écoutez-moi donc,
J’ voudrais vous offrir une barcelonnette,
Mad’moiselle, écoutez-moi donc,
J’ voudrais vous offrir un beau p’tit garçon.

MARGUERITE.

Non, monsieur, non, je n’ voudrais pas,
Ça m’ contrarierait à caus’ de mon frère ;
Non, monsieur, non, je n’ voudrais pas :
Avoir un enfant, c’est bien d’ l’embarras !

FAUST.

Mad’moiselle, écoutez-moi donc,
Nous cach’rons la chose à monsieur votr’ frère,
Mad’moiselle, écoutez-moi donc,
Il est d’venu sourd au bruit du canon.

—————

MARGUERITE.

Air du *Faust* de Gounod, *duo du Jardin*.

Je suis toujours seule...
Mon frère est soldat,
J’ai perdu ma mère.

Air : *En rev’nant de la revue*

C’est fait pour m’désoler.
Qu’est-c’ qui va m’ consoler ?

Mon p'tit frère est un galopin,
Tout' ma famille est dans l' pétrin,
  Mon oncle est agent d' change;
  Ça n'est pas drôl', mon ange.
  Aussi' j vais m' décider
A perdre ma fleur d'oranger!

CHANSON DE VALENTIN

Air : *Derrière l'omnibus.*

Ier COUPLET.

Lorsqu'au plus fort de la bataille
Je me battais avec ardeur
J'entendais siffler la mitraille
Qui crépitait avec fureur.
La cantinière à fine taille
  Se mit à me faire de l'œil.
  J' lui fis un charmant accueil,
  Et, lui rendant œil pour œil,

REFRAIN.

Je la suivis tout en chantant :
  Tra la la,
Et lui dis, le cœur palpitant :
  Tra la la,
La belle, ne clignez pas tant !
  Tra la la.

2ᵉ COUPLET.

Nous arrivons à sa voiture,
Mon pauvre cœur était bouillant!
Mais je reçois une blessure
Qui m'étend à terre un moment.
Bientôt, riant de l'aventure,
    Je lui dis, toujours galant :
    Voilà la ball', mon enfant,
    Ça s'ra pour plomber ta dent!

REFRAIN.

Puis, la saisissant dans mes bras,
        Tra la la,
Je l'embrasse sans embarras,
        Tra la la,
Car l' cantinier était en bas.
        Tra la la.

———

RONDEAU

LA FÉE.

Air : *La Corde sensible.*

Ah! le bonheur n'est pas dans la jeunesse!
Mon cher docteur, il faut, pour être aimé,
Savoir beaucoup, prodiguer la caresse,
Mais n'être pas encor trop abîmé!
Ces jouvenceaux frisés, à barbe blonde,

Au teint trop frais, au crâne chevelu,
Légers, bruyants, occupant tout le monde,
Non, c'est fini, non, nous n'en voulons plus !
Il est un âge heureux où la science
Tient lieu de tout; demandez au serpent !
Et cinquante ans de belle expérience
Font que jamais femme ne se repent !
(A Faust.)
Reçois cet âge, don de ta marraine.

FAUST.

Quoi ! cinquante ans ! Je suis anéanti !

VALENTIN, à Marguerite.

Ma pauvre sœur ! ah ! tu n'as pas de veine !

MARGUERITE.

Pourquoi donc ça ? Mais il est très gentil !

ENSEMBLE.

Ah ! le bonheur n'est pas dans la jeunesse !
etc., etc.

COUPLET

AUX ACTEURS QUI VEULENT SE RETIRER

SANS RÉCLAMER

L'INDULGENCE DU PUBLIC

Air de *la Boiteuse*.

FAUST.

Pas si vite, mes chers enfants,
Vous êtes encore charmants !
Quand tous les amis qui sont là
Se sont mis sur leur tralala,
Les femm' en peau, les homm' en drap,
Pour applaudir votre opéra,
On ne les quitte pas comm' ça
Sans s'incliner tout bas, tout bas ;
Il faut leur fair' notre prière.
Ca boît' par devant ! ça boît' par derrière !
Au premier act', qui cloche un tout p'tit peu,
Nous voulons bien qu'on dis' : Heu ! heu !
Vrai, pas un mot sur le second,
Il est bon ! il est bon ! il est bon !
Mais la perle de notre écrin,
C'est le *trois* : c'est du pur gratin !
Du pur gratin !

COUPLET AU PUBLIC

QUI DEMANDE L'AUTEUR

Air : *Il me le faut, monsieur, retenez bien.*

LA FÉE.

En vérité, notre embarras est grand !
De cet enfant, nous cachions la naissance,
Hélas ! il n'a ni papa ni maman,
Et désirait débuter en silence.
Mais, dans le monde, le voilà lancé,
Il nous faut bien dévoiler le mystère.
Eh bien, après votre accueil empressé,
Votre devoir nous semble tout tracé :
    Servez-lui tous de père et mère ;
    Ah ! servez-lui de père et mère ! *(Bis.)*

A. P***.

A Madame C. D***

DU DOCTEUR E. M***

QUI AVAIT ÉTÉ OBLIGÉ D'ABANDONNER

SON RÔLE DE MÉPHISTO

POUR ALLER FAIRE UNE OPÉRATION

A NANTES

———

Mon Dieu, vous me brisez le cœur !
Ce reproche sanglant me frappe.
Non, Méphisto n'est pas lâcheur !
C'est un disciple d'Esculape
Qui part vers les pays lointains
Chercher la fortune et la gloire,
Soulager les pauvres humains,
Et remporter une victoire
Sur la hideuse et pâle mort.
Pendant que brillait votre fête,
Qu'on s'amusait tant et si fort,
Moi, je perforais une tête !

———

A Monsieur V. K***

DEMANDE D'UNE LOGE

POUR « LA LUTTE POUR LA VIE »

———

Air : *Paillasse, mon ami* (Béranger).

Ier COUPLET.

Je voudrais bien savoir comment
On lutte pour la vie,
Et si d'un certain agrément
Cette lutte est suivie.
Monsieur l'directeur,
Éminent docteur,
Pensez à votre amie,
Car, mon cher copain,
D'la bouch' j'm'ôt'rais l'pain
Pour vous donner *la mie !*

2e COUPLET.

J'voudrais applaudir mam' Pasca,
Marais et Lafontaine,
Mam'sell' Darlaud, et, si c'est l'cas,
Pleurer comme un' fontaine.
Faut-il beacuoup d'or,
Faut-il un trésor,

Pour ma p'tite avant-scène ?
Voulez-vous un louis,
Deux, trois, dites « oui ».
Et j'paye la mise en scène !

3ᵉ ET DERNIER COUPLET

Après la 1ʳᵉ représentation.

Ces plaisirs sont bien fatigants,
Aujourd'hui, j'suis malade !
Mes yeux, mon mouchoir et mes gants
Ne sont qu'un' marmelade !
Ah ! c'Paul, quel vaurien,
Qui n'respecte rien,
Qui mépris' la femm' mûre !
Ça f'ra d'l'émotion
A la location,
Pour moi, la chose est sûre !

31 octobre 1889.

A Monsieur H. M***

AUQUEL

ON AVAIT DEMANDÉ DES FOURRURES

Certes, je suis très patiente !
Mais quel bonheur, si je vous dois,
Par ce froid qui désoriente,
De ne plus souffler dans mes doigts !

4 décembre 1889.

Au docteur B***

APRÈS AVOIR REÇU LA NOTE

DE SES VISITES

———

Voilà ! je m'en doutais, c'est l'exploitation,
En grand, d'une cliente *infirme* et sans défense !
Mais *Il* vous répondra que l'Exposition
A fait monter les prix et doubler la dépense
De tous les médecins, et que, surtout la peau
Du bourgeois coûtant cher à rafraîchir, sa bourse
Doit s'alléger gaîment ; que, s'il veut être beau,
Il faut payer son temps, son savoir et sa course !
Dieu ! quel homme d'argent !... Puis, de bric et de broc
Il vous soigne les gens. Ah ! du cru de Jouvence,
S'il n'était possesseur, ce trop célèbre Brocq,
Je ne lui donnerais que..... ma reconnaissance !

Après l'Exposition de 1889.

———

A Monsieur J. B***

QUI AVAIT REFUSÉ UNE INVITATION A DINER

SOUS PRÉTEXTE

QUE C'ÉTAIT LA SAINT-RIGOBERT

Puisque j'ai bien voulu *gober*
L'autre jour la Saint-Rigobert,
Venez dîner chez la victime
Au cœur généreux et sublime,
Samedi vingt-trois; seulement,
Sachez que c'est la Saint-Clément !

13 novembre 1889.

COUPLETS'

POUR

LE DINER DE LA SAINT-CLÉMENT

Air : *Au clair de la lune.*

AU PUBLIC.

Nouvell' Célimène,
Je vais, à grands traits,
Vous refair' la scène,
La scèn' des portraits.
Ouvrez vos oreilles !
Sur un air charmant
J'vais dir' des merveilles :
C'est la Saint-Clément !

A C..É.

Esprit plein d'malices,
Pas l'air d'y toucher,
Il fait nos délices
Sans jamais marcher .
Que sa bouche fine
S'entr'ouvre un moment !
Chacun d'nous devine
Qu'c'est la Saint-Clément !

A. N.....E.

Pour la céramique,
Nous savons ici,
Qu'il ferait la nique
Au grand Palissy.
D'où vient pour la terre
Cuite c't'engouement ?
Silence et mystère,
C'est la Saint-Clément !

L. M...U.

D'une haute allure,
Bien Bourbon vraiment ;
Par la ciselure
Épuise Normant ;
Les salons décore
Économiqu'ment ;
J'payerai bien encore :
C'est la Saint-Clément !

A O...T.

Est-il bien d'un cercle ?
Mais duquel ? voilà :
Il met un couvercle
Sur ce sujet-là.
Son regard nous laisse
Soupçonner seul'ment,
Que dans la noblesse
On a l'cœur clément !

J. B....D.

Orateur d'usage,
Pilier de banquets,
Pilleur de corsage,
Rival de Bossuet !
Sa parole lente,
Bien heureusement,
D'vient moins endormante
Pour la Saint-Clément !

Ed. B.....T.

Esprit littéraire,
Horloger constant,
Arnold honoraire,
Plus le p'tit courant.....
Pour son indulgence,
Le gouvernement
S'fend d'une récompense :
C'est la Saint-Clément !

E. G....T.

Talent plein d'finesse,
Ténor, contralto,
Basse..... quell' souplesse !
Faust et Méphisto.
A la jeune Anglaise,
Au Reszké charmant,
Buvons en *fa* dièze :
C'est la Saint-Clément !

A. P...D.

Air de *Joconde.*

Il a parcouru tous les mondes.
Chacun l'a vu de toute part
Courtiser les brunes, les blondes,
Aimer, voltiger au hasard !
Romanesque avec *ses* Anglaises,
Sémillant avec ses Françaises,
Partout, sans jamais voyager,   } *Bis.*
Oui, partout, il a su changer.   }

AU PUBLIC.

Air : *Au clair de la lune.*

A votre indulgence
J'attache un grand prix ;
Pour mon indigence
Soyez sans mépris.
J'ai voulu vous plaire,
Pendant un moment ;
Faut-il que j'espère ?
C'est la Saint-Clément !!!

Au docteur A. L. D***

A l'occasion de sa nomination
de membre de l'académie de médecine

Cette fois, votre Académie
A de l'esprit. De votre amie
Recevez tous les compliments,
Et... ma foi... les embrassements !
Je sais que je suis indiscrète...
Mais de loin... en tenant secrète
Cette audace, on n'en saura rien
Que si vous le dites. Eh bien,
Soixante-trois voix, c'est superbe !
C'est un vrai triomphe, une gerbe
De fleurs ! Et vous êtes vivant,
Jeune, aimé, marchant de l'avant !
Nous décrochons cette timbale
Sans glisser, tout droit, sans cabale !
Vainqueur sans être courbatu,
Vive notre cher Le Dentu

4 décembre 1889.

A Monsieur Ed. B***

ENVOI D'UN SEMAINIER

———

Lundi matin, Renaud fuit les jardins d'Armide.
Mardi, dans la journée, Armide attend dehors;
Mercredi, même jeu, porte des Pyramides.
Jeudi, réception, Balthazar de Castors.
Vendredi, re quitter l'idole de son âme.
Samedi, four o'clock, l'idole en fiacre attend.
Dimanche, re Castors, la pose nous réclame.
Voilà, monde, voilà, ton esclave, pourtant!

25 décembre 1889.

———

A Monsieur Eugène R***

REMERCIEMENTS

POUR UNE ROSE EN ANGÉLIQUE

ACCOMPAGNÉE

DE CES MOTS : « A LA PLUS BELLE ! »

Air : *Partant pour la Syrie.*

1er COUPLET.

Au lever de l'aurore
Et l'œil à peine ouvert,
Elle reçut, ô Flore,
Ton bouquet doux et vert !
Succulente angélique,
Tu combles tous mes vœux,
Hommage symbolique
D'un cœur trop généreux ! } *Bis.*

2e COUPLET.

Je suis heureuse et fière ;
Me voilà, c'est certain,

Pour cet été, rosière,
Mais... de la Saint-Martin !
Sois, ô saison nouvelle,
Clémente à mes *restants*.
Il dit : « A la plus belle ! » }
Je dis : « Au plus galant ! » } *Bis.*

25 décembre 1889.

A Madame C. D***

ENVOI

D'UN PETIT GROUPE EN BISCUIT

———

Ce que je vous présente ici,
C'est un berger, une bergère ;
Sur un tronc d'arbre ils sont assis,
Et s'amusent à leur manière !

L'enfant tient un petit oiseau
Qu'il voudrait mettre dans la cage.
Il l'offre d'un gentil museau,
Promettant qu'il sera bien sage.

— Mais s'il venait à s'oublier !
Dit la belle d'un ton maussade,
J'en aurais plein mon tablier.
Je le sens, j'en serais malade !

— Avec Coco, pas de danger ;
C'est un trésor, une merveille,
Lui répond le jeune berger
Dont le désir plus vif s'éveille.

— Eh bien, allons, soyez content !
Dit-elle entr'ouvrant son corsage ;

Allez, ne faites pas l'enfant,
Mettez votre oiseau dans la cage.

Ça réussit..... l'oiseau discret
Est adoré de sa maîtresse,
Qui chaque jour, mais en secret,
Lui prodigue mainte caresse.

Bientôt le bruit s'en répandit ;
Chacun voulait voir ce modèle !!
Mais en brave il se défendit,
Car le prodige était fidèle !!!

LEDOUX,

Confiseur

à Saint-Marneise (Landes).

Spécialité de statuettes en sucre cristallisé.

1ᵒʳ janvier 1890.

Au Docteur C....s

APRÈS AVOIR APPRIS QU'IL EST POÈTE

Cher docteur, j'en apprends de belles !
On me dit que vous cumulez,
Que votre Hippocrate a des ailes,
Que sur Pégase vous volez.
Hélas ! de pain sec ma tartine
Vous apporte mon compliment !
Je signe : *Veuve Lamartine*
Ici, c'est mieux que : *C. Durand.*

Aix-les-Bains.

26 septembre 1890.

A Monsieur De La P***

LE JOUR DE SON ANNIVERSAIRE

———

Cher ami, ce jour vous vit naître,
Montrons un cœur reconnaissant,
Et du bonheur de vous connaître
Remercions le Tout-Puissant.

Je cherche en ma pauvre cervelle
Ce qu'on peut bien vous souhaiter ;
Car, pour triompher d'une belle,
Rien ne saurait vous arrêter.

Vous aviez *presque tout* sur terre,
Amours, amis, livres sterling.
Il ne vous manque rien pour plaire,
Puisque vous avez un smoking !

23 octobre 1890.

A Madame C. D***

REMERCIEMENT POUR UN BOUQUET

ET DES SOUHAITS

LE JOUR DE SON ANNIVERSAIRE

———

Grand merci pour vos fleurs, grand merci pour vos roses,
Votre frais souvenir est bien cher à mon cœur;
Mais je souhaite encor, pour finir mon bonheur
    Vraiment, quelques petites choses.
Oui, madame, exaucez les vœux d'un suppliant
Et faites, mettant hors les ouvriers moroses,
Que je revoie enfin, au lieu des portes closes,
    Votre visage souriant.

DE LA P***.

25 octobre 1890.

A Monsieur E. R***

POUR LUI DEMANDER UNE PLACE
A UNE SÉANCE DE L'INSTITUT

J'entends « Sigurd » demain ; j'allume les chandelles
Comme font les amants qui reçoivent les belles
En leur logis. Ainsi, maître, n'ayez pas peur
Que je tire sur vous *un billet de faveur !*
Non ; si je force ainsi le lion dans son antre,
C'est que je voudrais bien une place de centre
Pour aller samedi prochain à l'Institut.
(Entre nous, je concours pour un prix de vertu.)
Si ça ne se peut pas (je parle de la place
Et non de ma vertu), pardonnez mon audace,
Et *sans habit* surtout, venez, cher conquérant,
Au numéro dix-sept, baignoire C. Durand.

16 novembre 1890.

A Madame P. F***

AUTEUR DES RÉCITS ENFANTINS

Devant la terrible menace
Par vous faite un de ces matins
De me reprendre (quelle audace !)
Vos jolis *Récits enfantins*,
Je vais, bien sensible aux requêtes
Du prosateur, de l'amitié,
Écrire en mes *Œuvres complètes*
Votre nom, Pauline, en entier.
En le trouvant à cette page,
Le dernier nom de tous les noms,
Je veux, ainsi que c'est l'usage,
Que l'on dise : *Au dernier les bons !*

27 octobre 1890.

TABLE

DES MATIÈRES

Paris. — MAY & MOTTEROZ, Lib.-Imp. réunies

7, rue Saint-Benoît.